COLLECTION " ESSAIS ET NOUVELLES "

1920

* * *

RENÉ GHIL

LA TRADITION

DE

POÉSIE

SCIENTIFIQUE

PARIS

SOCIÉTÉ LITTÉRAIRE DE FRANCE, 10, RUE DE L'ODÉON

LA TRADITION

DE

POÉSIE-SCIENTIFIQUE

RENÉ GHIL

ŒUVRE

EN MÉTHODE A L'ŒUVRE. Avec portrait. (Édition complète, annulant toutes les précédentes, 1904). (1)

I. — *Première Partie :* DIRE DU MIEUX (1).
(Édition nouvelle et revue, annulant les précédentes) :

I. LE MEILLEUR DEVENIR. — II. LE GESTE INGÉNU (un vol. 1905). — III. LE VŒU DE VIVRE (tome I, 1906). — LE VŒU DE VIVRE (tome II, 1907). — IV. L'ORDBE ALTRUISTE (un vol. 1909).

II. — *Deuxième Partie :* DIRE DES SANGS (2).

I. LE PAS HUMAIN (un vol. 1898). — II. LE TOIT DES HOMMES (un vol. 1901). — III. LES IMAGES DU MONDE (tome I, 1912). — LES IMAGES DU MONDE (tome II). (Sous presse.) — LES IMAGES DE L'HOMME (Deux vol., à paraître).

III. — *Troisième Partie :* DIRE DE LA LOI (2).

I. LE DIEU QUI DÉTRUIT. — II. LES LOIS ET LES RITES. (A paraître.)

A PART DE L'ŒUVRE :

LE PANTOUN DES PANTOUN. Poème Javanais. Paris et Batavia, 1902. — (Maison d'édition Messein, Paris.)

GHELANG-NIA SARINTEN (Le Bracelet de Sarinten). Suite de pantoun et poèmes en langue Malaie. — A paraître.

LA TRADITION DE POÉSIE-SCIENTIFIQUE, 1920. (Société Littéraire de France, Paris.)

DE LA POÉSIE-SCIENTIFIQUE. — Commentaires à l'EN MÉTHODE, 1909. (Figuière, édit., Paris.)

(1) L'EN MÉTHODE A L'ŒUVRE, et les quatre livres de la Première Partie se trouvent à la Maison d'édition A. Messein, 19, Quai Saint-Michel, Paris.

(2) Les livres de la Deuxième et Troisième Parties sont et seront édités par E. Figuière, 3, place de l'Odéon, Paris.

LA TRADITION
DÉ
POÉSIE-SCIENTIFIQUE

I

L'Étude qu'on va lire était écrite, en premier
état, un temps avant la Guerre... Je l'ai reprise et
revue ét la donne maintenant, — maintenànt
qu'au-dessus de l'horizontale épaisseur amassée de
l'odeur du sang et de la poussière des ruines, nous
osons lever et délivrer notre respiration, et son égal
rythme.

J'avais su cependant, que la catastrophe sous
laquelle nous sommes demeurés silencieux avec

pudeur, allait se précipitant d'année en année au
nœud qui éclaterait, des résultantes : parce que
cette Poésie, mon vouloir et ma vie, en partant de
la Science et en opérant spirituellement, en re-création consciente et émue du monde, une Synthèse,
— a droit aux anticipations et se redoue du don de
vaticination, qui n'est que le terme de déductions
et soudaineté d'éclair d'intuitions... Je terminais
alors, vingt années avant le soir du tocsin ! les
livres de partie moderne de mon Œuvre où nous
avons donné mission nouvelle à la Poésie, de saisir
en son poème les visions et l'émotion du monde
trépidant des Activités mécaniques et chimiques
mettant à leur service la science, irrespectée et dont
seul vaut l'utilitarisme. Livres qui avaient évoqué
la vie industrialisée et assidue à une surproduction
créatrice de la misère inassouvie des Besoins, —
qui, de cette intensité de vitesses mécaniques atti-
rant de vertige les âmes, avaient dit le retentissement désagrégeant parmi les provinces et leurs
villes monotones et malignes, et leurs villages se
dépeuplant vers les grandes Villes de gain et
d'usures morales et corporelles, — qui avaient dit

l'Or et les Banques, d'où, sous des puissances occultes mêlées aux pouvoirs d'État, une sorte nouvelle de servage... Il m'était apparu que cette phase industrialisée massant toutes énergies et détaillant les intelligences en la mécanique division d'un travail sans amour, n'était point un « progrès », mais une déviation, par pléthore d'un organisme hors nature : de ce que l'intellectualité d'Occident, le sens moral et le sens secret par quoi l'homme se sent occultement uni à l'univers qui scande sa vie, n'ont point progressé en rapport de l'expansion matérielle, devenue anormale... Le dernier livre négateur, alors, en les deux mille vers de son Ouverture, prévit les causes complexes et suggéra l'horreur déséquilibrée et démente de l'Europe, et du monde : la longue Guerre, et les Révolutions vers son terme et à la suite. Exactement vingt années avant le soir de deuil...

Depuis que la stupeur déserté du monde se contemple, et suppute inconsciemment à quel stade de l'évolution l'a placé son concept du « progrès » !

une émotion nouvelle tente de naître en l'Intellectualité non asservie, et l'on peut dire internationa-
lement. En même temps que l'instinct de la Vie —
simplement — de manière incohérente ameute les
peuples devant le mensonge d'un progrès qui,
vaincu même en sa science de tuer, a encore
mesuré son impuissance et sa détresse suprême à
mesure de la disette et de l'épidémie quasi-mon-
diales : l'Intellectualité créatrice, ainsi qu'étonnée
d'elle-même, tend à se sentir des droits, — droits
de vie de la Pensée, et peut-être sur les directions
d'ordre moral et matériel à apporter nouvellement.

Je prends acte, en même temps que mes respon-
sabilités pour hier et pour demain, qu'aux déve-
loppements de ses principes, la « Poésie-scientifique » a imposé à la Poésie — que nous voulons
en puissance de toute intellectualité — le devoir de
mériter le droit d'apporter les divinations de la
Pensée lourde de vérités et d'émotions univer-
selles, et de proposer en un avenir les lois gar-
diennes de la Vie, seule entité sacrée, et ses rites
reliant les hommes en une volonté-une vers les

vertus qu'elle exige pour son évolution harmonieuse. Tout homme étant à sa place,

      « et que lui soit sa loi
la place qu'il détienne selon que son être
tienne de lois de l'Univers, et s'en unisse! » (1

(1) L'Ordre Altruiste. (Livre IV de Dire du Mieux.)

II

DU SENS UNIVERSEL
DE LA POÉSIE-SCIENTIFIQUE

Tant par sa pensée que par la technique à multiples concordances que cette pensée se devait
nécessairement produire à elle-même, la « Poésie-
scientifique », telle que nous en avons déterminé
les principes et les idéals, entend que nul domaine
où se répartit pour l'intelligence humaine le phénomène universel, ne lui soit étranger : elle, qui
est le Poème de la re-création consciente et émue
en nous, du plus de rapports de l'Universel. Ainsi
que le « Poète-scientifique », pesant et pensant les
matériaux du monde que lui apportent les sciences
et les complétant d'intuition, en trouve les ésoté-

riques lois d'harmonie unitive pour la réalité émouvante d'une Philosophie et d'une Métaphysique, — et ne soit plus que le lieu spirituel où l'évoluante Matière s'évertue vers son unité-consciente et l'émotion de cette conscience.

Ainsi avons-nous voulu que la Poésie devenue presque généralement d'inspiration anthropocentrique, prît et reprît, selon la plus lointaine tradition, sa vraie valeur de sens universel...

Bien que cette appellation de « Poésie-scientifique » soit désormais consacrée, et qu'on en entende actuellement le corps de doctrine poétique qu'apporta et continue à développer l'Œuvre une et complexe en laquelle ma vie mit son devoir, — en première synthèse : aux pages liminaires il n'est pas inutile, même à me répéter, de préciser pour qui ne sait pas, ou envers des interprétations de semi-compréhension, ou de maladroites ou d'hostiles.

Si, pour démonstration directe, nous donnons exemple d'une erreur sur le sens véritable de la

« Poésie-scientifique », — il n'en sera de plus mar-
quante en un moment plus solennel, que de l'illustre mathématicien et philosophe Henri Poincaré,
quand, en son discours de réception à l'Académie
Française, il eut à prononcer l'éloge de son prédé-
cesseur, Sully-Prudhomme... C'est excellemment
du véritable esprit de la Poésie-scientifique dont il
commença à parler : « La réalité, la vraie, celle du
philosophe, est constamment vivante, constamment
changeante, les parties diverses en sont liées intimement et semblent se pénétrer mutuellement.
Celle du savant n'en est qu'une image. Sans doute,
cette image peut seule nous permettre de connaître : mais quand le philosophe l'a contemplée,
il demande autre chose. Ce qu'il sent ainsi, comment pourra-t-il l'exprimer ? — Par le Vers, par la
langue poétique et ses mots assimilables à la mu-
sique même, répond le savant-philosophe, qui
insiste que les ondes musicales de ce Vers se
mêlent et se pénètrent ainsi que se pénètrent les
éléments de la réalité vivante, « et c'est ainsi que
la Poésie philosophique peut nous donner de cette
réalité un portrait moins sommaire. »

(Or, si l'on me permet d'ouvrir mon En Méthode
a l'Œuvre, — nous lisons : — « Nous rappellerons
que doivent-participer des ondes du Tout, toute
œuvre et toute partie d'œuvre poétique : c'est-à-
dire, toute œuvre poétique n'a pour moi de valeur
qu'autant qu'elle se prolonge en suggestion des
lois qui ordonnent et unissent l'Être-total du
monde, évoluant selon de mêmes Rythmes...
Diverse et perpétuelle, s'impose la manière d'art
qui soit elle-même mouvement, de mouvements
pensants. » (1).

Il remarque cependant que cette Poésie présente
un point vulnérable, mais qui ne tient qu'à sa
valeur même : « chaque mot exigerait une longue
méditation ». — Remarque qui est évidemment une
louange de la part du savant, ou si l'on veut qu'elle
se nuance d'ironie, il songeait sans doute et par
contre, au lecteur qui regarde la lecture comme
« un repos, un passe-temps », ou à tel autre qui
d'avoir en mains un livre, se croit nécessairement
apte à le comprendre à première vue !

(1) En Méthode a l'Œuvre, en la partie « Instrumentation verbale ».

Nous avons dit qu'ainsi parlant, l'illustre mathématicien a loué l'esprit véritable de la « Poésie-
scientifique » : ce n'est pourtant point son exacte
pensée, — car en nommant Poésie philosophique,
la Poésie dont il vient de déterminer et d'exalter
les mérites, il va ensuite en voir l'existence en dehors de la Poésie-scientifique proprement dite...
C'est précisément que lui-même, non assez docu-
menté sur les immédiats travaux poétiques de son
temps, et d'ailleurs troublé sur le vrai sens à donner à la poésie de Sully-Prudhomme, — donne au
mot « Poésie-scientifique » une incomplète, une
restrictive, une erronée détermination. Vraiment
en contradiction avec lui-même, il ne verra pas à
l'instant, que la matière philosophique est compo-
sante de la Poésie-scientifique, de la poésie à laquelle « la science permet de connaître » : la pensée philosophique en est le chant suprême et
synthétique, — tandis qu'en même temps elle doit
être à travers toute l'Œuvre le concept conscient,
ordonnateur et préconçu par le poète qui a connu
par la science, selon quoi la Vie s'harmonise en un
ordre supérieur et s'émeut universellement.

C'est donc très-improprement qu'ensuite, disons-nous, le savant départage poésie philosophique et poésie-scientifique : « La Poésie-scientifique n'est pour la science qu'une parure. » ! D'autant étrange, cette parole, qu'à quelques lignes de là, il se montre exactement averti, pour une part, d'où et de quelles matières apportées par la science se dégagera désormais l'émotion nouvelle du poète, — et il entend ici, sans erreur, le poète-scientifique : « Si à la poésie est nécessaire le mystère, — il n'est pas à craindre qu'il puisse disparaître, il ne peut que reculer. Si loin que la Science pousse ses conquêtes, son domaine ne comprendra pas tout. »... Mais quand il dit que les abîmes de grandeur et de petitesse que le télescope et le microscope nous dévoilent, l'harmonie cachée des lois naturelles, la vie renaissante et diverse, voilà des thèmes dignes de tenter les poètes : alors, nous comprenons pourquoi le savant se trompe sur la Poésie-scientifique.

« Thèmes dignes de tenter les poètes », s'écrie-t-il, — et, ce disant, il garde erronément en sa mémoire, comme probants de l'inspiration poétique

due à la science, les noms de Delille, d'André Chénier, de Sully-Prudhomme. Il ne conçoit pas pour
les poètes qui vont venir, une mentalité autre que
de ceux-ci, d'hier : il voit qu'ils écriront encore des
poèmes sur des « thèmes » donnés, en émerveille-
ment extérieur, par la science, — thèmes plus
vastes, plus lourds d'occulte et d'intensité émotive
peut-être, mais des « thèmes » l'un après l'autre
traités, détachés ou reliés de liens précaires sous la
volonté de l'inspiration égo-centriste, encore...
Certes et malheureusement, il est, il sera sans
doute encore des poètes qui se diront où que l'on
dira « scientifiques », — qui n'auront d'autre conception de la Poésie-scientifique. Ceux-là nous les
repoussons loin d'elle.

Il ne s'agit plus d'exalter les découvertes de la
science ni leurs applications hasardeuses, non plus
que la persévérance sereinement passionnée du
savant. C'est que la « Poésie-scientifique », mot
et chose, de seul sens synthétique, — nous
l'avons voulue, tant par la matière qu'elle comprend que par sa technique verbale et rythmique :

la représentation la plus étendue et la plus intense
en les temps, de « cette réalité constamment vivante, constamment changeante, aux diverses parties liées intimement et qui se pénètrent mutuellement », dont parlait Henri Poincaré. Conception
poétique qui implique donc, au principe et en départ de valeur générale, la connaissance par la
science, ses partielles certitudes comme ses proba-
bilités, en les divisions diverses où la méthode
humaine doit le moins rigidement possible ranger
son acquis expérimental, et hypothétique.

Cependant, ce n'est point de partie plus ou moins
étendue de cette connaisse qu'il se doit toute assi-
miler, que le Poète prendra matière d'inspiration.
Il ne s'exaltera point, d'inspiration égotiste, sur
telle ou telle division du savoir humain ou sur
telle époque particulière de la vie de l'Humanité, à
l'exclusion du retentissement vibratoire en son
poème de tels rapports que lui commandent les
autres sciences, ou tous autres stades de l'évolution
des individus et des sociétés. Il ne doublera pas,
en poète didactique, la parole du savant dont
l'émotion craint de dévier les lignes du document

expérimental; ou le récit loquace et minutieux de l'historien, ou l'interprétation prudente de l'anthropologiste et de l'ethnographe.

Mais, de son acquis en tous domaines du Savoir, aux lacunes, aux doutes et aux apparences isolées duquel supplée son intuition, cette intuition spécialement hardie et étrangement devineresse du génie poétique qui saillit du Subconscient, — de son acquis total et dans l'amassement de quoi il démontre une valeur première et personnelle, le Poète-scientifique se crée en le silence puissant et préméditant de son entendement une compréhension équilibrée du monde phénoménal, une Synthèse. La qualité nécessaire de toute poésie est la qualité synthétique : et la poésie égotiste elle-même peut être dite, à chaque poème d'inspiration diverse, un divers moment totalisateur du « moi » dans le lien éphémère de l'émotion.

Unique, la « Synthèse » dont nous parlons, en tant qu'unitive résultante des connaissances, elle, est au-dessus du « Moi », en dehors de la sensibilité et de l'analogisme égotistes : car, suprême co-ordination des rapports universels que le concours de toutes sciences puisse actuellement rendre certains, elle est d'essence impersonnelle. Elle n'appartient point au particulier, mais au général. — D'elle (nous verrons aux dernières pages de notre Étude en quel sens elle s'impose désormais), le Poète doit s'universaliser à un concept philosophique tel, que son propre « moi » soit, non plus une valeur critique en tant que mesure du monde, mais un rapport intelligent et ému relié nécessairement à tous rapports de la Substance à travers tout son processus.

Et seulement alors il se mettra à l'Œuvre poétique qu'il a en vue. Et, que cette Œuvre soit de dix volumes ou qu'elle n'en compte qu'un seul, elle s'avèrera de sens universel, naturellement. En la constante concience de ce concept impersonnel et là vraiment scientifique, — le poète reprendra pour l'Œuvre tous les matériaux sériés de son acquis, s'évertuant à harmonier le plus de rapports possible de l'Univers et de l'Humain, tâchant à en trouver de nouveaux et de plus occultes. De manière que, sensitive et intellectuelle en même temps, cette Œuvre puisse suggestivement susciter

aux sens et au cerveau la palpitation de la Vie en
sa pluralité, mais en même temps le vertige harmonieux de son unité, de son Unité qui se sent et
se sait ! Le savoir humain continuement présent en
la conscience du poète, ainsi se dénonce l'unique
représentation du monde dont il veut être la Pensée, coordinatrice et rythmique.

Ainsi, le grand « leit-motiv » de la Poésie-scientifique, étant le rapport de l'Humain au Cosmos,
elle comprend donc, et en volonté résultante, le
concept philosophique et métaphysique..... Elle a
nécessité pour son Œuvre, de la cosmologie et de
la paléontologie et leurs dépendances, de l'ethnolo-
gie et de l'histoire des cultes, etc. Elle développe
en même temps une méditation sur l'Étique, et ose
sa logique vaticination sur les destins des peuples,
et suppute l'équilibre des soleils. Elle veut être des
sciences la Philosophie, et du monde une émue Métaphysique...

Hâtons-nous de parler de l'émotion qui émane
de la « Poésie-scientifique ».

Nous avons dit que la pensée philosophique dont le poète est pénétré, lui doit venir, de valeur impersonnelle, universelle, d'une Synthèse scientifique. Que si cette conception ne correspondait pas à toute l'actuelle connaissance et, de plus, elle ne se présentait pas dans le sens de l'Évolution de manière à continuer de correspondre encore aux connaissances accrues, évidemment elle n'aurait point valeur générale ou elle cesserait à un moment, de la posséder. Et le poète se retrouverait donc en le mode égotiste qui — au lieu de susciter l'émotion par des rapports universels avec, de proche en proche, retentissement, en toute une série de phénomènes et en l'unité même — crée seulement une surprise émotionnelle par comparaisons, analogies et images, aperçues de sa seule sensibilité et de son ingéniosité cérébrale : poésie de valeur seulement personnelle.

Or, pour le Poète-scientifique, l'émotion lui vient de connaître et de pouvoir découvrir et connaître davantage et sans cesse, en remontant et descendant le cours des êtres et des choses, en recherchant et multipliant les concomitances pour les rapprocher

en aspects divers mais continus d'une même homo-
généité universelle, et en osant des synthèses — où
avec un tremblement sacré il suggère une Énergie
unitive et rythmique, immaner à la Matière et la
développer en volonté d'harmonie, vers la Conscience et la Beauté, qui, pour nous, sont deux
termes inséparables... « Mais le devoir est, avons-
nous dit (1), de savoir et de penser selon, en premier lieu, le savoir et la pensée du savant qui expéri-
menta. Et ensuite, lorsque lui, l'Expérimentateur,
est pour longtemps épars, le devoir est, induisant
et déduisant plus vite et plus loin, d'authentiquer
d'un nœud d'intuition, en une parole multiple
ordonnée d'après les phonétiques valeurs, le plus
du présent et le plus de l'avenir : en Synthèse, et en
Hypothèse. »

Devant l'énorme pluralité cosmique commandée
ainsi par un principe philosophique tiré de la connaissance actuelle du phénomène universel, une
émotion comme éperduement cérébrale se dégage
tout immédiatement, pour le poète : si totale, si

(1) Dans En Méthode a l'Œuvre.

illimitée, qu'elle est ainsi qu'une émotion en soi et encore de qualité impersonnelle, dira-t-on. Mais ensuite, au cours de l'Œuvre se composant, les éléments de cette émotion se dissocient. Et alors, à propos de chaque aspect de la Vie-totale où tour à tour, pour composer son harmonie, l'inspiration s'attache, c'est maintenant la sensibilité propre de chaque poète qui s'exalte et entre en activité. Et par là l'Œuvre de l'Inspiré est un drame multiple et intense et vibrant entre l'univers et lui : comment la totalité des choses agit sur lui, et comment il réagit envers elles !

Or, son émotion, aussi diverse soit-elle (et elle doit s'appliquer à s'éprouver avec le plus de multiplicité possible), pourtant ne se disperse pas. Chacun de ses émois est partie d'un Tout émotionnel, car le détail se rapporte continuellement à la somme, en son œuvre comme en la nature : « Il est un sens universel en tout caractère », a dit Gœthe... Telle émotion devenue personnelle, elle vibre des complexités nerveuses de l'organisme. Car, si, de par son essence philosophique, elle doit s'épanouir en pureté cérébrale, en idée émotive, —

l'Idée, pour le Poète-scientifique, ne doit pas et ne peut pas se produire et s'exprimer comme pour le Savant. D'ailleurs, nous venons d'écrire : Idée émotive.

C'est que l'Idée, toute idée, doit, dans l'Œuvre, s'accompagner du processus sensoriel d'où elle a pris naissance : « Rien dans la conscience, qui ne soit d'abord dans la sensation. » Devant le phénomène universel qu'il éprouve, le poète re-créant le monde pour en exprimer l'harmonie et l'unité conscientes, doit premièrement le re-créer en ses sens, en l'instinct avide, en l'émotion, et le produire comme d'au-dessous de soi-même, des puissances amassées de son Sub-conscient. — Et, cette genèse des idées ainsi qu'accompagnées de leurs harmoniques sensoriels, c'est donc en un Verbe poétique de qualités spéciales et adéquates qu'elle devra s'exprimer. Verbe capable, autant que possible, de toutes les puissances et de toutes les délicatesses de la sensitivité humaine, et qui puisse participer de tous les modes d'art où cette sensitivité s'extériorise particulièrement : Verbe qui les synthétise — pour concourir à la plus

sûre expression du Rythme, propulsé essentiellement par l'Idée et son émotion... J'ai, en conclusion, dit du Rythme : qu'il est « le mouvement
même de la Pensée consciente et représentative
des naturelles Forces. » (1).

Résumant l'essentielle pensée de la « Poésie-
scientifique » telle que proposée par moi, nous
dirons que, pour être valable, il conviendrait que
l'œuvre de notre esprit éveillât par logiques associations d'idées, par sûrs rapports, la conscience
émue des universels Rythmes, — qu'elle « sé pro-
longeât en suggestion des lois qui ordonnent et
unissent l'Être-total du monde. » (1).

(1) En Méthode a l'Œuvre.

III

L'ORIGINE LOINTAINE ET SACRÉE

Maintenant que succinctement nous avons déterminé les composantes de la « Poésie-scientifique »,
telle que nous l'entendons pour un sens universel,
synthétique, — nous pouvons dire quels sont les
Précurseurs plus ou moins proches de notre pensée
et notre dessein que nous reconnaissons au cours
de l'Histoire de la Poésie Française.

Mais nous en relevons de langues étrangères, en
d'autres patrimoines. Mais, plus haut, nous remon-
tons aux temps Latins et Helléniques, là, où en
Lucrèce, Empédocle d'Agrigente, Parménide, en
les poètes Orphiques et Hésiode, la Poésie veut
contenir le dogme et l'éthique, l'émotion et le

savoir essentiel... Or (et avec les philosophes-natu-
ralistes d'Ionie, poètes eux-mêmes de la Mutabilité
de choses et des êtres : Thalès, Anaximandre, Héraclite, Démocrite, Anaxagore, Pythagore, etc.),
ils n'étaient que les continuateurs vers l'Occident
du poème énorme d'intuition et de puissance vers
l'Unité où s'était exprimée, depuis la communion
première, hagarde et méditante avec la Nature et
ses Forces, la philosophie Asiatique. Alors que le
philosophe était en même temps le savant, le
poète et le prêtre, ou, plus lointainement, le sorcier redoutable et providentiel qui, dès lors, por-
tait occultement le poids de la tribu...

Toute Poésie alors, s'élargissait de l'horreur
sacrée où se mêlait primordialement la genèse des
choses et des êtres transmutables entre eux. Elle
surgissait en énergies démesurées et en subtilités
tendres, de sub-consciences inconnues et qui voulaient revivre, de temps presque dispersés dans
l'espace et l'immémoire d'Humanités d'où s'étaient
initiés le chant ordonnateur des Cosmogonies et
les prières persuasives ou imprécatoires aux To-
tems, et les incantations magiques, — en tous

lieux, les uns des autres immensément ignorés, de
la terre !... Dans l'Inde, le « Rig-Veda » avait concentré de savoir et d'intuition la puissance de ce
chant de l'Origine, — de planante émotion intellectuelle et sensitive, ce chant « scientifique » :

> « Il n'était alors ni Non-Être, ni Être. Il n'était d'at-
> mosphère, ni de ciel au-dessus. Qui enveloppait tout ?
> Eau, ou abîme ? Jour ni nuit, ni mort, ni immortalité.
> L'Un respirait calmement, étant à lui-même son sou-
> tien. L'Un vide et enveloppé de néant, se développait
> par la Ferveur : et le Désir s'éleva en lui, et, de là,
> est le germe premier, lien qui unit Être et Non-
> Être. »...

Écoutons, en Phénicie, le poème ésotérique à
son tour chanter son savoir sacré, thème premier
de la doctrine évolutionniste :.

> « Sans limites et sans durée était l'atmosphère, et un
> vent s'élevait en son même sens. Et le vent devint
> amoureux de son principe et se retourna sur lui-même,
> d'où naquit le Désir. Le Désir a été le principe de
> tout... Et de lui naquit Môt, pourriture d'un mélange
> aqueux. Môt apparut en aspect d'un Œuf, — et de là
> sortirent des êtres inconscients, puis conscients et
> contemplateurs des cieux ! »

Et voici, de la Nouvelle-Zélande, de la pensée sous les siècles des tribus Maories cette méditation métaphysique :

« De la conception, l'accroissement. De l'accroissement, l'intumescence. De l'intumescence, la pensée. — De la pensée, le souvenir. Du souvenir, le désir. — Fécond devint le mot. Et il s'unit avec la vague lueur, et il engendra la nuit. — Du néant, la naissance. »...

Et c'est, d'entre les monts rouges et noirs d'O Taïti, et la nuit lourde d'arômes et de nuages de ses végétations, cette prosternation première, énumérant comme parmi des éclats de tonnerre l'acte premier du dieu, Substance et Volonté :

« Il était ! Taaroa était son nom. Il planait dans le vide : point de terre et point de ciel... Taaroa appelle, mais rien ne lui répond. Alors, de son existence solitaire il tira l'existence du monde. Les piliers, les rochers, les sables, se lèvent à la voix de Taaroa : c'est ainsi que lui-même s'est nommé ! Il est le germe et l'assise, et l'incorruptible. »

Et tandis qu'en la vallée du Nil inondant, le poète cosmogonique de Khama rend adoration au dieu Ra-Toum-Choper, « soleil couchant, soleil créateur, dieu des deux zônes, Naissant divin qui se donne à soi-même sa naissance », — au Mexique, « l'Histoire des Soleils » coordonnait et composait en un grand poème du savoir les souvenirs épars et à demi ensevelis des hommes, et, par une intuition merveilleuse, trouvait cette théorie de l'évolution du globe selon des renouvellements périodes, qui ne devait être émise à nouveau qu'au xixe siècle, par Cuvier... « Alors, dit le Livre sacré énarrant la dernière catastrophe, alors l'on vit les hommes courir en se poussant, remplis de désespoir. Ils voulaient monter sur les maisons, et les maisons s'écroulaient. Ils voulaient monter dans les arbres, et les arbres les secouaient loin d'eux. Ils voulaient pénétrer dans les cavernes, et les cavernes s'obstruaient de leurs amas devant eux. » Désolation qui nous rappelle ce que dit, de tant énorme suggestion, le plus ancien des Védas, de la détresse des humains à leurs commencements d'êtres déserts parmi la multiple et monstrueuse nature : « Au commencement, il n'existait rien au monde, rien, si peu qu'on le pût penser. Tout était enveloppé par la mort, par la faim, — car la mort,

'c'est la faim. »... Et résisterons-nous à rapporter
en passant cette prière à Agni des premiers
hommes épris de l'Aventure, quand ils s'ouvraient
leurs voies en poussant devant eux l'incendie des
compactes Forêts : « Toi, dont la Flamme irré-
sistible pénètre en retentissant aux épaisseurs
vierges, toi qui te précipites comme un taureau
sur les plus élevés des arbres ! Être impérissable
dont les éclats sont rouges, et dont la route est
noire, de qui tous les êtres, stables ou qui se meu-
vent, redoutent la course impétueuse et le vol terrible, viens, ô Agni ! Et, comme un roi qui détruit,
— dévore les Forêts qui recèlent les ruses de nos
ennemis ! Fais-nous avancer par des routes découvertes. »...

Mais nous aurons tout résumé, de nous souvenir
que le rêve légendaire de l'Inde, — poésie où le
dogme et le rite ne sont de morphismes si épandus,
et amorphes, pourrait-on dire, que parce qu'ils ne
sont que l'expression de la découverte instinctive
des Énergies et des Phénomènes par une Humanité
toute neuve de sens et d'intuition vibrants à même
l'universel, — nous souvenir que ce rêve de Savoir

a trouvé ensuite toute sa conscience et son lien en
la doctrine « sankia », où Kopila, d'une. prescience
prodigieuse, établit en principe la doctrine Évolutionniste, que notre science vient, hier, de nous
redonner !

Or, si la Science moderne opère, en en déterminant sans cesse les plus secrètes composantes,
l'Analyse de cette sorte de Synthèse généralement
instinctive — qu'a été l'intuition des Humanités
anciennes et comme plongées encore parmi des
énergies directement agissantes de la nature : de
même, la « Poésie-scientifique » ne peut être
douée de ses puissances essentielles, de son émotion de sens universel, qu'alors qu'elle entre en
cette lointaine tradition des Poèmes cosmiques
dont maintes paroles survivent, pour notre ensei-
gnement et notre émoi, à la poussière innombrable
de peuples. Parce que, avec les ressources de la
science moderne en tous ses modes, elle doit
enclore en elle, ainsi que nous le disions, le Dogme
et l'Éthique, c'est-à-dire une Synthèse philosophique
venue de la connaissance et donnant direction à
une morale générale, — et le Savoir essentiel et

l'Émotion, c'est-à-dire la conscience unitive de
l'Univers re-créé conscient en nos cerveaux : d'où,
naisse en les sons du Verbe et les Rythmes, une
exaltation qui soit de proche en proche un retentissement spirituel, terrible et doux, des molécules
entre-vibrantes de toutes choses !

IV

LES GRANDS PRÉCURSEURS
DANS LA POÉSIE FRANÇAISE

Si nous devions maintenant parler des Poètes étrangers à la Littérature Française (tel n'est point notre dessein) qui, par leur inspiration générale ou des éléments de leurs œuvres, se dénoncent comme pouvant se rattacher à la tradition de « Poésie-scientifique », nous étudierons sous cet aspect le Dante, Gœthe en son second Faust, Shelley en son Prométhée. Non point que nous trouvions en les deux premiers l'élément que nous avons dit caractéristique, essentiel, d'un principe philosophique émanant de la science seule, de la seule connaissance. Nous ne le rencontrerons, d'ailleurs, nulle part, sous cette nécessité d'un concept purement scientifique — pour commander une Œuvre qui se développe émotivement en toutes conséquences cosmologiques, ethniques, sociales et morales, tant pour l'individu que pour les collectivités. Mais le sublime « Prométhée » doit être revendiqué par l'esprit de la Poésie-scientifique, et pour l'honneur insigne de cette poésie.

Ce poème, ce drame du saignement dévorateur et du plus-de-volonté indomptable de la Pensée humaine rapportant le secret de l'Inconnu diminué et ouvert, n'est-il point le chant, le cri d'universel, en quoi viennent se tendre en énergies accrues toutes Forces et Formes de la nature, en un espoir suprême de se connaître soi-même, par soi-même !

Jamais comme en lui, le sens de l'universel n'a concentré en un moment de la pensée et en une Œuvre impérissable, la négation redoutable de l'Humanité devant « l'Inconnaissable ». Ici, nous le répétons, est du sublime, — en quoi la poésie et l'esprit de la science, la conscience et la Beauté se sont unies en création sacrée....

Si, au cours de l'Histoire poétique en France,

nous n'allons point trouver pareil cri, total et tor-
turé, qui soit comme de l'âme même de la Poésie-
scientifique, — nous découvrirons du moins en ses
grands Précurseurs l'instinct où le vouloir de la
nécessité première de sortir de l'Égotisme comme
mesure de l'émotion inspiratrice, et l'élargissement
de cette inspiration à des spéculations philosophiques et sociales, à des méditations générales
sur l'Histoire et sur les temps présents, à du rêve,
ne soit-il que rêverie, sur les destinées humaines.
Ainsi repèrerons-nous en les uns et les autres
divers points d'orientation, tentatives, réalisations,
mais cependant incomplètes, puisque manque aux
œuvres et à leurs auteurs le principe générateur
qui puisse ramener toutes parties de la connaissance à une valeur synthétique.

L'on pourrait dire que le chant épique (la chanson de Geste) appartient à notre Étude, puisque,
alors même qu'il tient d'un récit épisodique d'Histoire, — telle la « Chanson de Roland », par
exemple, — il le grandit aux limites de la Légende :
ce qui est une manière d'impersonnaliser et d'universaliser les Faits, en leur ôtant quasi toute

dépendance des milieux et des temps où ils se produisent. Nous serrerons cependant tout de suite notre dessein, désireux de mettre dates et noms là seulement où de premiers éléments apparaissent, si désordonnés soient-ils, que peut réclamer la Poésie-scientifique.

Donc, il me paraît que l'on puisse voir commencer l'évolution du genre vers la seconde moitié du xiiie siècle, au temps où Gauthier de Metz donne son IMAGE DU MONDE (1245), Brunetto Latini son œuvre très-originale, le TRÉSOR (1265), et Jean de Meung reprend le ROMAN DE LA ROSE (1277).

L'IMAGE DU MONDE, écrite en vers de huit pieds (peu adéquate mesure pour si vaste matière), se présente en sorte de cosmogonie selon la Bible, où il est dit comment Dieu sortit du néant le monde, et pourquoi il créa l'homme à son image. Puis, en plusieurs parties, le poète traite de la géographie, des phénomènes naturels et de la nature de la terre, et en dernier lieu, de l'astronomie. Son œuvre relève seulement de la manière didactique, sans élévation philosophique ni émotion, en un vers et une langue sans souplesse ni trouvailles. — Avec Brunetto Latini, nous nous trouvons en présence d'une œuvre de valeur, amassant l'érudition du temps présentée avec méthode et un soin d'unité. Le Trésor comporte trois parties. La première s'ouvre par une vue philosophique sur la science des choses en elles-mêmes. Puis vient aussi un récit de la Création, que suivent dissertations sur la nature de Dieu, des Anges et de l'Homme, sur la Loi divine et humaine. Et il traite de l'Histoire naturelle d'après Aristote et Pline, de géographie et d'astronomie. — En deuxième partie, se trouve la Morale, et en troisième, un traité de Rhétorique... Ainsi qu'on n'en peut douter par le sommaire, c'est là, malgré ses qualités de méthode et certaine originalité de présentation et quelque grandeur, une poésie également didactique où le Verbe dépourvu de sensibilité ne soupçonne point l'art.

Jean de Meung, au déclin du siècle, en se présentant singulièrement en puissance des aspirations poétiques vers le poème de la connaissance, et comme premièrement synthétique, — mérite toute notre attention.

Tout ce que l'on peut retenir du Roman de la Rose que Guillaume de Lorris laissait inachevé, est, par endroits, une sensation passagère, délicate, nouvellement éveillée, de la nature. Le poète a les sens pris par elle, et, tout en pratiquant précieusement « l'amour courtois », il se met en contact avec les choses : le printemps, ses lumières et ses eaux, la terre et ses travaux. État d'âme nouveau, une candeur d'aurore sur les champs dont le seizième siècle exprimera une ivresse savoureuse, à goûts de vertes sèves.

Jean de Meung, lui, ressentira toute la Vie. Il continue le Roman de la Rose, il reprend le dessin de Guillaume de Lorris, mais que l'Amant cueille au Verger d'amour le Bouton de Rose, ce ne lui est que prétexte à exprimer la somme de ses connaissances : idées philosophiques, sociologiques, morales, — tandis qu'avec passion il agit son temps, par une large satire. Compilateur, évidemment, et didactique : toute l'antiquité latine il la possède, mais il sait toute la pensée contempo-

raine. Il examine, en désordre souvent, les états
sociaux des humains, l'origine des sociétés et des
Gouvernements, la propriété, le mariage, les gens
d'Église. Il parle de haut, selon la Nature, ou vio-
lemment attaque et meurtrit. En science pure, il
traite des erreurs des sens, à propos des miroirs,
des visions et de la sorcellerie. En philosophie et
en morale, il oppose à la prescience divine la
volonté de l'homme, son droit à déterminer ses
actes, et il étudie la place de l'homme dans la
nature... Mais, là où il nous apparaît surtout, et
grandement, précurseur de l'esprit de « Poésie-
scientifique » au sens où nous l'entendons, — c'est
quand, en large et puissant leit-motiv soutenant
toute son œuvre, il évoque l'éternelle activité de
cette Nature, son énergie de création et de destruc-
tion incessantes, causes de son éternelle survi-
vance. Lui, qui ne connaît sans doute ni Thalès ni
Héraclite, il retrouve le concept de la Mutabilité
des choses et des êtres, leur « écoulement éternel »,
la suite ininterrompue du phénomène. Les individus meurent, mais les Espèces demeurent, qui
sont la vraie réalité, et par elles le monde se survit

et engendrè contre la Mort. Donc, l'Amour est l'énergie naturelle qui perpétue l'Univers : l'homme doit tendre à être en harmonie avec la Nature, dont les lois sont la Loi.

Jean de Meung cependant, ne peut s'évader de l'époque. Et la question est là : sait-il ou non qu'il contredit étrangement à sa philosophie lorsqu'ensuite, il se hâte de placer les lois de nature sous la seule loi de Dieu, en acceptation théologique ? Quoi qu'il en soit, il s'en remet à l'Évangile — qui, dit-il, de même que la Nature, prononce le « croître et multiplier », et en morale prescrit suavement l'amour du prochain. Et il tente un passage logique, de protester que la Morale, qu'il conçoit en montée vers une harmonie progressivement destructive du désordre humain, prend en somme son principe dans la nature et dans la science....

Si nous délaissons cette partie d'accommodement contradictoire, peut-être imposée, nous dirons de Jean de Meung, qu'il nous est un prescient et premier poète de « l'idée » poétique-scientifique. Il ne lui manqua, pour imposer une décisive valeur de grand poète, que le sens artistique qui, au lieu de

cette suite souvent incohérente de parties pleines
de rhétorique et de redites, lui eût nécessité une
méthode génératrice de l'œuvre, un plan de com-
position et un regard de Synthèse. Et, il lui manqua un Verbe vraiment poétique, adéquat et en-
traînant un vers d'accord avec la pensée déterminant ses rythmes.

Encore qu'en cette partie centrale de son Œuvre,
où il dit et évoque énormément l'énergie en même
temps destructive et re-créative de la Vie, son
expression poétique, de trouver l'émotion de l'illimité et l'éternel, à pleine intensité réalise une suggestion de sens universel.....

Nous passerons maintenant par-dessus le xiv° siècle, et son incompréhension totale du mouvement
poétique déterminé par l'apport science et philosophie de l'antiquité Latine : mouvement que nous
venons de voir produire l'œuvre de Jean de Meung.
Nous sommes en présence d'une poésie sans âme,
sans réalité, sans rêve, sans issue, de décadence, —
où les puériles subtilités de la scolastique s'em-

ploient aux dissertations précieuses et vides sur l'amour allégorisé, en dehors de toute vie. Seul, va apparaître Villon, — sa poésie personnelle et humaine qui sort de la sensation et de l'expérience de la vie, d'un homme qui dit ingénûment toute sa sensibilité. Et ainsi, il n'appartient pas à son temps, il est dans l'avenir, il apporte le sens de la Poésie égotiste, telle encore, on l'a répété souvent et véridiquement, qu'elle se retrouvera en toute intensité délicate, douloureuse et se donnant toute, en Paul Verlaine..... Mais Villon appartient au xv⁰ siècle, temps, d'ailleurs, où s'accentue et se précipite la décadence poétique : c'est alors, en mépris total de l'Idée, le règne de la recherche de la « Forme » (indice certain d'épuisement qui suit toutes époques de création), et ce sont les « poètes rhétoriqueurs ». Jeux de rimes et de mots, aggravation des subtiles niaiseries, simples ou redoublées : rimes, annexées, rétrogrades, sénées, empérières, équivoques.....

Mais, en les dernières années du xv⁰ siècle, la France va tenir de l'Italie une révélation émerveillante : par elle, ce sont tous les Latins, qu'elle possédait, et les Grecs qu'elle venait de retrouver, Homère, Sophocle, Platon, et c'est la Vie et la Nature qui renaissent..... Voici, avec Ronsard et les poètes de la Pléiade, la Renaissance de la poésie. Avec eux, la Poésie se nécessite un art savant, qui n'a souci d'un public ignorant. Ronsard demande pour le poète nouveau l'érudition, l'étude le travail, l'art. Mais travailler et savoir ne sont point tout : c'est là préparation et matière, et il sied avoir le don, le génie poétique. Le poète doit être « sacré dès sa naissance » et appelé à la seule poésie. Nous n'avons point à étudier cette rénovante époque, mais, — en rappelant que Ronsard a rendu à la poésie le Vers alexandrin, nécessaire et multiple instrument de la grande inspiration, et tout en notant que les théoriciens de cette savante et orgueilleuse École ne se préoccupèrent, sous l'emprise Hellénique surtout, que de la rénovation métrique et musicale, et généralement technique, du Vers : il sied de voir l'intelligence hardie et nécessaire à l'évolution poétique, de Ronsard et Du Bellay.

Tout premièrement, c'est la langue en elle-même

qu'ils durent travailler, assouplir, pourvoir de vocables et de modes nouveaux, et ce, méthodiquement ils le poursuivent selon les lois mêmes d'évolution spontanée du langage. D'un sens très-artiste ils éprouvent la valeur musicale du Verbe, la valeur des sons en leur essence phonétique. Avec délicatesse et une intuition neuve et nouvellement apercevante, ils travaillèrent la métrique, déterminant vraiment les premières puissances du Rythme.

Si la Pléiade n'a pas trouvé un thème d'inspiration nouveau, car sa poésie dépend du sentiment d'où nous avons vu Villon tirer de premiers et émouvants accents égotistes, — si la Poésie de la Pléiade demeure d'inspiration égotiste, elle est l'initiatrice surprenante de la technique poétique moderne ! Banville et Verlaine, prosodiquement, se rattachent à elle, presque immédiatement... Et, si nous insistons sur l'attention que Ronsard porte à la sonorité, sur ses remarques heureuses sur les sons, l'on peut même dire de ma propre technique, « l'Instrumentation verbale », qu'elle s'avère en contact avec quelques-unes de ses intuitions. Et lorsque, orienté par cette Méthode verbale, tout le divers « Symbolisme » (se séparant de moi sur les « idées » directrices) s'évertuait à de seules recherches de musicalité et de rythme, — il me parut précisément reproduire avec une intensité et une science plus subtiles et multiples le mouvement même de la Pléiade. Tous deux ne connurent surtout que des recherches en le sens technique, sans souci d'idée organisatrice, de principe général déterminant une pensée philosophique harmonieusement représentative de la Nature et de la Vie.

Ainsi, si, à notre point de vue de « Poète-scientifique », la Pléiade diminue et dévie l'inspiration que nous avons vue, au xiii° siècle, prendre source en la connaissance, en l'esprit philosophique et l'intuition, alors qu'elle la développe de sentiment « égotiste » : par ailleurs et pour les raisons que nous venons d'exprimer. elle proposait et imposait des apports techniques d'une importance première pour l'évolution poétique..... Pourtant, dans la « Défense et Illustration de la langue Française », il est un passage où son auteur paraît nettement exhorter les poètes à prendre pour solides éléments

de leur inspiration et de leurs œuvres les matériaux de la « connaissance », tant ancienne que
moderne, — souhaitant une inspiration ordonnée
et harmonieuse. De Jean de Meung, peut-être se
souvenait alors Joachim du Bellay.....

Est-ce cette exhortation, ou l'énergie de tradition
du xiii° siècle qui, près de Ronsard quasi surpassé,
suscita l'œuvre de Du Bartas : La première Semaine ? Peut-être les deux causes agirent-elles.
Mais la principale, qui détermina l'inspiration de
Jean de Meung, et qui inspirera pareillement
d'autres poètes au cours de l'évolution poétique,
c'est à nouveau une nécessité supérieure pour la
Poésie, de répondre de compréhension et d'émotion à un nouvel élargissement, à une nouvelle
grande poussée d'apports et de pensée scientifiques...

Guillaume de Salluste du Bartas donnait en
1579, cette « Première Semaine » qui eut un retentissement extraordinaire. Elle eut trente éditions
en l'espace de six années, on la traduisit en toutes
les langues : dans la poésie Anglaise elle exerce
une action inspiratrice, elle inspire Milton. On la

traduit aussi en latin, et l'un des traducteurs, Gabriel de Lern, la dédiant à la reine d'Angleterre, en 1583, — disait de Du Bartas : « Les pilastres et frontons des Librairies Allemandes, Polaques et Espagnoles, se sont enorgueillis de son nom uni à ceux de ses divins héros, Platon, Homère et Virgile. »

Le lecteur moderne, en France, et les poètes, ne connaissent point Du Bartas : ils se contentent de le voir à travers Sainte-Beuve. Et Sainte-Beuve, s'il a raison de reprendre et désapprouver telles et telles grandiloquences du poète, ses mots composés à la manière, aggravée, de la Pléiade, de maladroits essais de poésie imitative, en un mot maints passages dont le mauvais goût étonne, — Sainte-Beuve n'a rien compris à sa grandeur impétueuse et imposante, à sa pensée traditionnelle et aussi, pour sa part, novatrice. « Poète ardent et docte », dit-il pourtant. Or, il eût dû s'apercevoir qu'il devait insister sur les deux épithètes, sur la dernière surtout. Mais Sainte-Beuve était du Romantisme — qui, lui aussi, il est vrai, s'inspirait de la Bible, avec Lamartine, Hugo, de Vigny.

Mais, le Romantisme n'était pas « docte » au grand sens, tout au plus curieux de l'Histoire, ce qui, d'ailleurs, eut grande importance. Il était avant tout exaltateur du Verbe, novateur en prosodie et en rythmique, — et si, par là, il s'oppose au xvii° siècle et se rattache aux poètes de la Pléiade, il repousse du xvi°, comme du xviii°, l'inspiration scientifique.

Certes, Du Bartas demeure sévèrement dans le dogme religieux et nous ne trouvons point en lui cet antagonisme latent si intéressant en Jean de Meung, d'un concept philosophique prenant naissance dans la nature, et d'une soumission très droite au Dogme : antinomie qu'il résout en plaçant les lois de Nature sous les lois de Dieu. Quand Du Bartas regarde la nature évoluer, développer ses phénomènes, immédiatement il a soin d'exprimer que ce n'est point en elle, immanent, que réside le principe de vie et de mutabilité :

« Mais le Monde jamais n'eût changé de visage,
Si du grand Dieu sans pair le tout-puissant langage
N'eût comme siringué dedans ses membres morts
Je ne sais quel esprit qui meut tout ce grand corps ! »

Et, au Chánt Premier, en l'invocation à Dieu, se proposant d'exprimer le monde et ses « âges divers », il s'écrie qu'ainsi il veut « Pour mieux contempler Dieu, contempler l'Univers ! » Tandis que Jean de Meung paraît philosophiquement, par moments, sur le point de s'émanciper du Dualisme qui exige une intervention extérieure et divine, du Bartas, lui, demeure théologiquement en cette conception. Mais nous le tenons pour un grand précurseur de Poésie-scientifique, pour la manière surprenante, grandiose souvent, dont, pour chanter selon la Semaine sacrée, il se sert de toutes les ressources que lui donnait la Science de son temps. La somme de ses connaissances est continuement présente à son esprit. Elles se présentent précisément, elles s'appellent l'une l'autre en associations d'idées et d'images : oui, évidemment, en tressauts chaotiques, en maints endroits, sans pureté et sans grande méthode, — mais cependant, avec une préoccupation dès lors heureuse et puissante, de montrer et suggérer les dépendances des phénomènes entre eux, leur harmonie en un plan unitaire d'évolution... Nous le

trouvons averti d'astronomie, encore qu'il ignore,
ou repousse, la théorie du mouvement de la terre
qu'il dit « alme et immobile », et de même, en
médecine dont il parle à propos des quatre Éléments, il n'a pas connaissance de la théorie de la
circulation du sang, qui venait d'être émise en
Italie. Souvent, il se sert de comparaisons tirées
de l'anatomie. Il connaît l'histoire naturelle. des
animaux et des plantes, la minéralogie, et a étu-
dié la chimie...

Nous voudrions pouvoir maintenant apporter ici
quelques extraits, pris du Chant Premier. en
exemple que ce poète a conçu avec amplitude et en
un verbe qui sait se produire une atmosphère de
suggestion. Puissance novatrice admirable, volonté
énorme, si l'on se souvient en même temps que
nous sommes au xvie siècle, alors que la langue
poétique, que la langue en général, sont en train
d'acquérir et n'ont pas encore exprimé de pensées
et d'images amples en d'amples périodes. Force
m'est de signaler simplement tels passages :

> « Ce premier monde était une forme sans forme,
> Une pile confuse, un mélange sans norme

D'abîmes.....
« Ce n'était donc le monde, mais l'antique matière
Dont il devait sortir la riche pépinière
Des beautés de ce tout.....

Et voici, quand le poète a dit'la naissance de la
lumière, de larges vers doux et émus à la lénitive
Nuit :

> « La nuit est celle-là qui charme nos travaux,
> Ensevelit nos seins, donne trêve à nos maux.
> La nuit est celle-là qui de ses ailes sombres
> Sur le monde muet fait avecque les ombres
> Dégoutter le silence et couler dans les os
> Des recrus animaux, un merveilleux repos. »

Il avait, auparavant, venant de dire la terre sor-
tie d'entre la ténèbre primordiale et les sursauts
d'éclairs, évoqué de quelques vers les spectacles de
nature qui n'étaient pas encore, qui seraient au
large des horizons :

> ...« Le ciel n'était orné
> De grands touffes de feu, les plaines émaillées
> N'épandaient leurs odeurs, les bandes écaillées
> N'entre-fendaient les flots, des oiseaux les soupirs
> N'étaient encor partis sur l'aile des zéphirs :
> Tout était sans beauté »...

Ceux qui n'ont voulu voir en Du Bartas qu'un poète didactique, n'ont certes pas compris la valeur d'évocation de pareils passages, dont son Œuvre est pleine, et toute l'intuition et les intentions d'art qu'elle prouve, — d'un art qui se voudrait de complexité représentative, en un verbe très près de la sensation perçue, des morphismes et des mouvements mêmes de la nature, de la Matière. Encore un exemple, où de valables nuances de sons s'adaptent à l'idée pour exprimer la suite des phénomènes vitaux. Il s'agit de la Matière :

> « Mais, n'étant point capable
> De prendre tous pourtraits en une même part
> Et dans un même temps, elle reçoit à part
> Figure après figure, de sorte qu'une face
> S'efface par le trait qu'une autre face efface »...

Exemple, en quoi nous constatons que, de même que Jean de Meung, du Bartas a en lui et en son Œuvre le concept de l'évolution éternelle des choses, au sens des philosophes Ioniens et de la doctrine matérialiste Indoue, comme au sens moderne de la théorie Évolutionniste. Et voici qui exprime superbement la conservation de la Substance et de l'Énergie :

« Rien de rien ne se fait, rien en rien ne s'écoule :
Mais ce qui naît ou meurt ne change que de moule. »

Principe théologique de la création mis à part, nous avons donc en Du Bartas un poète véritable de « Poésie-scientifique », de qui les presciences sont puissantes et doivent étonner pour le temps où elles se produisent. C'est de puissance aussi qu'il doue les propositions de technique poétique de la Pléiade : car, s'il en pousse à l'outrance certaines, il n'est qu'emporté par l'ardeur tout-voulante de son tempérament, mais il a tout compris et réalisé plus qu'aucun d'alors. Dans la gravité cependant pleine de mouvement de son vers alexandrin, il a su, disions-nous tout à l'heure, avec ingéniosité et souvent avec le plus étonnant talent, représenter de sons, d'allitérations et de rythmes — les mouvements dé la Pensée et les Formes en mouvement de la nature. Ainsi, par la matière de son Œuvre et par son expression poétique, il a atteint, autant qu'il lui était alors possible, au « sens universel » qui est l'esprit même de la' « Poésie scientifique' ». — Et Gœthe, rappelons-le maintenant, eut pour Du Bartas des louanges enthousiastes, lui qui le pouvait comprendre et comprendre la portée de son œuvre...

Au xvii° siècle, nous ne trouvons point de poètes à tendances « scientifiques »... Malherbe et les Précieuses ont passé, pour dépouiller la langue luxuriante, pittoresque, sensitive, savoureuse, du xvi°. On a alors une langue nette, polie, claire (oh ! cette « clarté », au nom de laquelle les esprits immobiles vitupèrent encore, à qui il nous paraît assez de répondre simplement par l'ironique et plein proverbe Malai : « De l'eau est de l'eau, — et la vague est la vague ! »). La langue est dépouillée de ses éléments concrets, sonores, colorés : ce ne sont plus qu'éléments rationnels, et nul poète ne saura alors et ensuite rendre concret l'Abstrait, — en attendant Baudelaire, le premier qui le sut... Racine pourtant usera de cette langue, et quelle musicalité mélodieuse il en tirera ! Mais La Fon-

taine la trouvera trop pauvre, et monotone la prosodie du temps, lui qui voudra le mot image et
son, et, avec un art savant disparu dans la simpli-
cité, sera le premier créateur de Rythmes — adé-
quats aux mouvements de la pensée et de l'acte,
au morphisme des choses.

Quant à l'inspiration poétique du xviie siècle
(hors La Fontaine), c'est la condamnation de toute
nouveauté, à travers le précepte de Boileau. Pour
lui et pour tout le siècle, le Vrai est norme d'art,
mais un Vrai inévoluant, inévolué depuis les
œuvres des Anciens qui l'ont transmis : pareilles
encore sont les âmes et les choses, et il n'est donc
qu'à reprendre sans scrupule les thèmes Latins et
Grecs, tragédies et comédies.

Le xviiie siècle vient, qui apporte des temps qui
n'ont point peur de la nouveauté. La poésie sera
pleine de l'action de la grande et somptueuse
Histoire naturelle, et par là elle est certainement
scientifique — mais dans la malencontreuse accep-
tion du mot, contre laquelle nous nous élevions en
commençant, et non point en l'esprit où nous
l'avons voulue. Elle demeurera, caractérisant

l'époque, une poésie de didactisme commentant la science et qui ne pourra même atteindre et donner sensation de la Nature, ne dégagera d'émotion, ni, pour la construction d'une doctrine philosophique et morale, ne pourra des valeurs d'une Synthèse.

Nous passerons Lebrun-Pindare, Lemierre, Fontanes. Delille nous requiert, nous intéresse surtout par son volume des Trois Règnes de la Nature, dont nous rappellerons succinctement la matière, à travers les sept chants. Dit-il la Lumière et le Feu : c'est la description des expériences notoires, notamment dans le domaine des phénomènes électriques. Sorte d'éloge de Newton, de Franklin. Viennent l'Air, avec les expériences sur la pesanteur, les théories de Lavoisier sur la respiration, et l'Eau, avec les curiosités expérimentales des vases communicants, de la marmite de Papin... Dans la partie relative à la Terre, s'amassent les connaissances géologiques et chimiques, tandis que, s'inspirant des travaux de Cuvier sur les Fossiles, il parvient avec intérêt à une grandeur non dépourvue d'art. Puis, la vie du végétal reliée au minéral nourricier, l'organisation de la plante, — et une ingénieuse assimilation du tronc de l'arbre à l'ossature humaine. Le règne animal : l'axiome « rien dans la nature n'avance par sauts » est développé par Delille en ses recherches de vie végétative et de traces des autres règnes, en la vie animale... Dans le dessin du vers, c'est là une excellente vue générale des connaissances du xviiie siècle, et plus particulièrement une autre, mais étroite « Histoire Naturelle ». Delille est un studieux, un savant, mais il ne l'est pas en poète. Quant à sa philosophie, s'il en est une, elle ne se dégage pas de la théologie. Elle est purement anthropocentrique : l'Homme d'élection divine, au centre du Monde que Dieu créa.

Didactique, de valeur descriptive, Delille a exprimé des notions de la nature sans en donner sensation : il va directement aux idées, et son verbe exact, ingénieux de périphrases, supprime toute sensitivité, toute émotion. Si, par conséquent, il n'est pas un poète, et pas un poète-scientifique, — nous lui saurons gré cependant d'avoir œuvré à la gloire de la Science, qu'il aimait avec une intelligence digne de mémoire.

Digne de mémoire est aussi Népomucène Lemercier, de qui le nom ne représente quasi rien, pour
les modernes générations. Lemercier se présente
pourtant comme un premier « Romantique », pour
sa luttante énergie à rendre à la langue poétique
que nous avons vue si précaire, si prosaïque et
dénuée de sensibilité, une vie sensitive. Formes,
musicalité, couleur, ampleur et souplesse, il tente
cette rénovation de manière qu'elle pût à nouveau
transmettre, inséparés de l'idée, sensation et sentiment. Il ne réussit pas, pour n'avoir eu le génie
artistique des Chénier, Lamartine, Hugo, et son
œuvre n'eut pas la puissance de se survivre... Il est
pourtant un esprit original, inquiet, vraiment
savant, plein de pressentiments d'un art qu'il ne
put produire, d'une expression sur laquelle il se
trompa étrangement.

Népomucène Lemercier, lui aussi, chante la
Science. Plus que Delille, il la conçoit généralement, il ne s'attarde pas aux détails, saisit les
caractéristiques et les rapports généraux. Mais
quelle étrange conception du plan de son œuvre
principale, cette ATLANTIADE, OU LA THÉOGONIE

Newtonienne ! Quelle plus contradictoire manière
d'exposer des données et des concepts de science,
que de les « personnaliser » et les mettre en acte
en une sorte de drame allégorique à sentiments
anthropomorphes ! Disons-le dès maintenant, poé-
tiquement rien de plus anti-scientifique.

C'est, au résumé, sur l'Atlantide parvenue à la
religion de la Science et qu'habitent les hommes
« en communion avec la Nature », l'invasion d'un
peuple apporteur du culte des Divinités de l'Orient.
Les divers personnages, qui le moins singulièrement se nomment Néon, Lampélie (la Lumière),
Zoophile, Electrone, Brione (la Vie), etc., ne sont
autres que les phénomènes naturels doués de pas-
sions humaines. « Deus ex machinâ », Théore,
l'Être suprême, anéantit l'Atlantide envahie par
les sectateurs des Dieux et triomphants : tout
périt, excepté Néon et la vierge qui deviendra son
épouse quand ils seront parvenus aux rivages
d'Amérique où ils garderont intacte la Religion de
la Science... Évidemment, l'intention est excellente,
mais c'est tout, en cette inacceptable théogonie
Newtonienne. Nous n'avons pas à insister sur

l'étrangeté et la puérilité du thème, ni nous demander par quelles voies le poète en arriva à pareille dramaturgie allégorique. Nous protesterons pourtant que maints passages sont pleins de sensation de nature, de sentiment, d'évocations des phénomènes naturels, qui se présentent non sans grandeur, sans élan et sans art...

Avec André Chénier, non le poète des Élégies, des Églogues et des Iambes, mais du poème Hermès demeuré à l'état de plan illustré de quelques vers seulement, nous avons un autre poète d'inspiration scientifique, — qui peut-être eût agi sur les destinées immédiates de la Poésie. Il avait rêvé d'écrire son Hermès en adaptation du De Natura à la Science nouvelle, selon Buffon.

Rapidement nous rappellerons plan et éléments : En sorte de prologue, « l'Invention » est le poème, depuis les origines troubles et industrieuses, de la démonstration et l'apologie du génie humain, de l'exaltation de sa progressive découverte. La « Superstition » devait avoir pour thème les sciences dites mensongères, depuis la science du Sorcier et des premières religions menant par la duplicité et la crainte l'humanité ignorante. (André Chénier n'avait point songé que ces sciences occultes étaient alors, précisément la première Science.) « L'Astronomie » eût dit les lois de Newton. « L'Amérique » devait contenir la géographie et exposer une histoire de l'humanité, du point de vue philosophique. — A sa place en le tout, HERMÈS aurait eu pour matière : Les origines de la terre (non de l'Univers, insiste-t-il), des hommes, et des animaux à propos desquels, s'autorisant des premières études sur la Faune préhistorique, il eût évoqué de la légende Grecque les Centaures ! Seraient venues-des descriptions de la vie de l'Homme préhistorique, le développement des Sociétés, religieux, moral, politique. Il eût décrit le mécanisme des sens et de l'intelligence et terminé par une rêverie sur l'Avenir et la Paix universelle...

Nous disions tout à l'heure que Chénier, par cette Œuvre, eût peut-être agi sur les destinées immédiates de la Poésie. Il sied d'entendre cet espoir déçu de la matière qui eût servi son inspira-

tion, et qui eût peut-être donné la voie à d'autres
poètes d'un savoir plus étendu, plus cohérent et
plus conscient, et aussi mieux doués au point de
vue rythmique... De son plan aux parties assez mal
reliées, de ses notes en vue de l'Œuvre, des quelques parties écrites, il s e dénonce qu'André Chénier
n'eût pas rempli, même à peu près, les vouloirs
d'une véritable « Poésie scientifique »... Il est
même surprenant de le trouver alors, malgré l'en-
thousiasme, si loin de l'expression émotive et
artiste des Élégies et des Églogues : elle est devenue ou plate ou ampoulée, en pleine rhétorique et
maladroite, sans énergies d'évocation, de suggestion, servie d'images non adéquates à la pensée.
Malgré ses rudesses, du Bartas est d'une autre
intensité, et autrement vrais et émus son sens et
son expression de l'Énorme et du Mystère !

Il est évident qu'il ne s'élève pas, n'eût pas su
s'élever à la conception de l'impersonnalité du
poète, de son « Moi » disparaissant, pour que le
Verbe seul, d'évocation et de suggestion donne vie
aux choses et aux êtres qu'il chante, — de manière
que ce soient vraiment ces choses et ces êtres, resur-

gis en eux-mêmes, qui eux-mêmes se re-créent,
développent le phénomène en rapport avec l'universel, qu'ils sont, et en les propriétés sensitives qui déterminent les morphismes d'art et les
rythmes... Dans HERMÈS, dans ses poèmes, André
Chénier demeure également un didactique : c'est
encore de la poésie qui travaille de la science, mais
non de la Science qui tire d'elle une Poésie. Quant
à sa philosophie, elle eût été sans doute vers un
terme moral humanitaire, avec point de départ
théologiste, théiste...

Nous avons dit aux pages liminaires de cette
Étude, qu'en première nécessité, il est demandé
d'être un poète-philosophe, au « poète-scientifique », — mais avec cette aggravation, que son
concept philosophique doive universellement
émaner et se spiritualiser de la somme de son
savoir, de la connaissance synthétique.
Voici donc que se présente Alfred de Vigny, —
grand et secret poète, le premier en date d'une
grande lignée qui comprend Leconte de Lisle,

Hugo de la Légende des Siècles, Strada (un méconnu et presque un inconnu), et Sully-Prudhomme.

De Vigny, quoique parmi les Romantiques, de par son verbe pondéré et son vers sans triomphes et sans éclats (mais de quelle solide et large puissance quand les hautes pensées l'agissent !) est davantage classique, nous dirions Racinien. Mais, sa caractéristique essentielle durant cette période qui est de suprématie du « moi » poétique et d'exaltation des sentiments et des idées de source générale, c'est de s'exprimer impersonnellement et d'exprimer des idées philosophiques, la plupart du temps sous le mode symbolique. Son émotion qui est intense, ne s'épand pas, mais demeure en latentes puissances : elle est de qualité énergétique. De tous les Romantiques, il me paraît le seul penseur, et, en son art d'expression impersonnelle et en raison de cet art qui donne à sa pensée valeur d'universel, le seul poète d'alors véritablement ému et émouvant. Il nous attire de toute sa grandeur solitairement pathétique.

Il n'a point exposé de théorie philosophique, mais

elle se dégage de son Œuvre : sa contemplation est pessimiste, tout passe et souffre, et davantage l'être supérieur souffre..... Il sied donc que serve à quelque chose, du moins, cette universelle souffrance, — conclut-il au lieu de se laisser aller à l'élégie ou à la malédiction : elle doit nous servir à mieux aimer tout ce qui passe et désespère. Et il arrive à un stoïcisme pénétré de douceur, en souhaitant orgueilleusement pour l'Humanité le règne de l'esprit, de l'intelligence victorieuse des éventualités. La conception est d'une hauteur émouvante. Le poète-philosophe n'est point parti d'une compréhension exacte de la Science qui pour nous, et le xviiiᵉ siècle optimiste l'avait comprise ainsi, ne peut donner une notion pessimiste : car le pessimisme est une notion individuelle, égotiste. Mais nous pouvons assentir cependant à sa conclusion, en tant que poète-scientifique : cette conclusion n'est-elle point en somme, d'altruisme supérieur au nom de l'Idée, et de concept du « plus de volonté » par la volonté, sans sanction qu'en le devenir qui soit meilleur.....

Avant de passer — très directement — à Leconte

de Lisle, nous devons mentionner Louis Bouilhet. Non point pour son Œuvre entière qui est d'assez éparse inspiration à tous vents du Romantisme sans s'imposer en un thème particulier, mais pour l'un des poèmes de FESTONS ET ASTRAGALES. Son poème des « Fossiles » écrit à l'instigation divinatrice du grand Flaubert, dénonce une direction, à nouveau, vers une poésie à données de science, et d'art impersonnel. Bouilhet avait d'ailleurs la préoccupation, et la prétention, d'être d'art impersonnel. Or, il ne l'est point même en les « Fossiles » : car (là sans cesse vient aheurter l'aventure du poète le plus près même de l'idéal scientifique), en Bouilhet, ce n'est point davantage le monde préhistorique qui s'évoque par la seule magie suggérante du Verbe, de manière que le génie du poète disparaisse pour n'être que l'énergie qui meut ce monde d'alors, ses morphismes, ses couleurs et ses rythmes..... Non, et c'est encore le poète et son « moi » qui assistent, en tant qu'entités modernes, aux spectacles de la monstrueuse Faune resurgie de la merveille déductive de la Science. Tels poètes spectateurs en somme, décrivent, avec plus ou moins de puissance d'intuition et de verbe adéquat à leurs visions, mais ils ne re-créent pas !.....

Nous revenons au plus impeccable poète de notre série, — en ce sens qu'il en est la plus artiste intelligence, la plus ordonnatrice et la plus volontaire, — Leconte de Lisle. Mais, d'un mot expliquons l'orientation nouvelle, la reprise, après le Romantisme, d'une poésie où le sens personnel, de sentiments et de concepts égotistes, s'atténue ou disparaît : c'est que, vers la moitié du xix⁰ siècle. s'impose à nouveau l'esprit scientifique. Lamarck, et Geoffroy Saint-Hilaire luttant contre Cuvier, ont continué le génie de Buffon, — et Lamarck a été le précurseur de Darwin de qui la traduction de l'ORIGINE DES ESPÈCES paraît, trois ans après sa publication, en 1862. — Nous avons noté que Leconte de Lisle vient directement après Vigny : il semble même que l'on doive apercevoir un parallélisme entre les titres des œuvres des deux poètes, de même qu'on peut voir suggérée par l'Œuvre de Leconte de Lisle, la LÉGENDE DES SIÈCLES. Hugo étant le redoutable et inconscient assimilateur que l'on sait, vulgarisant de plus intenses et artistes

choses à l'aide de son verbe grandiloquent et éclatant d'images.

Leconte de Lisle prenant à l'érudition la matière
de ses œuvres, peut être dit « évolutionniste », si
l'on considère qu'en la suite de ses Antiques, Bar-
bares et Tragiques Poèmes il écrit en somme une
Histoire des Religions, pour laquelle il a suivi évo-
lutivement l'Humanité dans son inquiétude éternelle devant le « pourquoi et le comment » de ses
origines et de ses destinées. Il a composé cette
Œuvre grandiose avec un art si souverainement
intellectuel, qu'on a pu croire qu'il était « impas-
sible », — mais c'est de l'avoir mal lu et non compris.

(Puisqu'en cette Étude, il arrive que nous devions,
pour mieux délimiter l'apport de chacun en la Tradition, parler en même temps de notre propre
apport en la complexité de ses parties et nous souvenir de notre idéal synthétique, — nous rappellerons qu'une partie de notre Œuvre, la seconde,
étudie également l'origine et l'évolution des Cultes
et des Rites. Mais notre pensée en ceci, a été de pé-

nétrer, sous les pratiques magiques et les gestes rituels et les Symboles et les Mythes, les vérités ésotériques d'ordre naturel et expérimental qui sont en eux incluses : c'est-à-dire la connaissance, unie à l'émotion humaine qui la vêt exotériquement de Formes, au cours de l'évolution. De ces vérités qu'avère la science moderne, avec les vérités qu'elle nous révèle nouvellement, nous tentons une résultante de valeur universelle, religieuse scientifiquement.)

Leconte de Lisle ne retire de l'Histoire des Fois qu'une constatation de néant, l'impossibilité pour l'homme de répondre à son interrogation sur son destin. Il se place donc au point de vue de l'Absolu, — point de vue non évolutionniste, et en dehors de la science. Et dès lors, était-il logique qu'il ne pût recueillir de sa méditation que pessimisme désespéré, tout comme de Vigny... Ainsi, malgré le caractère impersonnel de son Œuvre, Leconte de Lisle remplace pourtant le concept philosophique par une création de l'esprit qui naît d'une émotion, d'un sentiment d'ordre égotiste : le pessimisme, constatation du mal et du néant. Il n'a pas eu puissance d'une explication du monde, et de reconnaître une doctrine morale. Ainsi le dépasse Vigny, plus près de l'intellect supérieur qui ne se veut immobile, et du cœur humain qui aspire à la douceur d'égaliser le plus généralement son battement...

Inspirée, nous semble-t-il, par le Poème de Leconte de Lisle, la Légende des Siècles énarre plus vastement, mais sans méthode unitive, sans suite logique d'évolution, ainsi qu'une Histoire de l'Humanité où le grand et résumant Hugo, en laissant monter sa somptueuse imagination et à la manière même des humanités primitives, crée en quelque sorte de nouveaux Mythes, — encore que dénués de toute valeur d'interprétation de vérités naturelles ou d'expérience : ce ne sont qu'images, non pas symboles.

S'il existe, le sens philosophique de telles ou telles évocations élues par lui au cours des siècles, ne résulte que d'égotiste sentiment du poète assentant ou répugnant à des idées générales, à tels dogmes et institutions : réception d'un panthéisme ou d'un déisme énorme et vague, dénégation de droit divin au prêtre et au roi, hommage au peuple, etc... A noter, au terme de l'Œuvre immense, une sorte d'apologie de la Science en son aspect extérieur, de ses découvertes intéressant le sens général et ainsi que populaire.

Parmi les grands Prescients pour une part, des directions traditionnelles et nouvelles de la Poésie, — Sully-Prudhomme s'approche de près de notre conception pour avoir senti, et tenté en une partie de son Œuvre, l'association de la Science et d'une Métaphysique. Nul doute que son esprit philosophique ne soit moderne, de ce que sa philosophie est continuement imprégnée de son savoir, qu'elle se montre attentive à toutes les recherches de la science en tous domaines... Malheureusement, il n'a pas su non plus concevoir le moderne savoir, en synthèse, — et dès lors, il ne put en tirer un principe général et impersonnel selon quoi il eût médité la Vie et lui eût donné une sanction. Il a été en lui une continuelle hésitation, une intention de hardiesse qui tout à coup recule, et prend peur, dirait-on. Et souvent le pas en arrière devient le rattachement sectaire au passé... Évolutionniste, dirait-on, en sa contemplation du cours des choses, il ne saura pourtant s'élever au terme supérieur de l'évolution : l'éternel devenir du Monde vers son harmonie éternellement incomplète, mais, à travers les périodes de régression, éternellement meilleure. Il n'en verra que les phénomènes de lutte, en prenant à contre-sens, comme Spencer d'ailleurs (mais peut-être pas Nietzsche), la constatation Darwinienne de la « lutte pour la Vie ». (Nous avons dit que pour nous, cette lutte n'est point une nécessité en soi, mais une transitoire nécessité de sélection, de l'énergie qui tend à l'harmonie (1).

Ce n'est donc qu'en la conscience de l'homme qu'il voit la notion de « Justice » — et ainsi adopte-t-il le principe spiritualiste tel que compris en irréductible opposition au Matérialisme. Au Spiritualisme il demande encore le mot du « Bonheur », et là arrive à la conception chrétienne, puisqu'il le trouve dans le sentiment de sacrifice...

(1) En Methode a l'Œuvre.

Le poète, parti de la science, s'égare plus loin d'elle
encore, lorsque son couple humain à la recherche
du Bonheur, après avoir éprouvé qu'il n'existe ni
dans la volupté des sens, ni dans la pensée, ni dans
la science, quitte notre planète et émigre en une
étoile heureuse. De là, accomplissant son sacrifice,
— cette dualité humaine revient sur la terre, qui
depuis est morte, dépourvue d'humanité. Vain,
même le sacrifice...

(Nous avons tenté de démontrer en notre Méthode
à l'Œuvre, que l'idée de Sacrifice, est anti-sociale
et anti-scientifique, — en proposant un altruisme
évolutionniste qui réduit l'antinomie apparente
entre le don de soi et l'égoïsme qui n'est qu'un
mode du nécessaire instinct de conservation, mode
lui-même du vœu de durée immanent à la Matière.)

Sully-Prudhomme n'a su non plus trouver à son
dessein l'adéquate expression verbale et rythmique.
Et, s'il est étrange de voir les « poètes scientifiques »
du xiii⁰ siècle œuvrer en vers de huit pieds, il paraît tout aussi étonnant que le poème de Justice,
après Leconte de Lisle et Hugo, se développe en
suite de sonnets alternant avec des quatrains. Il

lui manqua la technique d'un Vers qui pût exprimer l'idée en ses rapports avec les idées, et, en ses associations sensitives, sensorielles, avec l'Universel : expression qui lui manqua, parce que, l'expression étant entraînée par la valeur énergétique de la pensée, il ne posséda pas l'impersonnalité vraie où le « moi » n'est plus qu'un rapport conscient en communion avec le Tout, et, de savoir et d'émotion, un point synthétique.

Ainsi dira-t-il, comme peureux et rentrant en la précaire sûreté de ce Moi :

> « Je ne peux pas longtemps affronter de l'espace
> La grandeur, le silence et l'immobilité.....
> Tremblant, je me resserre en mon étroite place,
> Je ne veux respirer qu'en mon humble milieu :
> Il ne m'appartient pas de voir le ciel en face,
> La profondeur du ciel est un regard de Dieu.....

Il sut d'ailleurs lui-même, qu'il n'avait pas réalisé le rêve d'art qu'il avait voulu, — et que son cri d'aveu est donc poignant et haut, et qu'il donne de prix aux parties du rêve où son talent divinateur atteint cependant la valeur souhaitée ! « Ah ! que n'ai-je hérité, écrit-il, d'un langage approprié

à ce genre ! Je ne croupirais pas dans la poésie personnelle. »... Pour nous persuader de la grandeur
de pensée de ce poète qui eut en lui de la détresse
sacrée, et pour le trouver ainsi qu'en contradiction
avec sa désespérance, rappelons donc des poèmes
comme le « Zénith », superbe évocation de la
volonté pensante « allant conquérir un chiffre, seulement », de l'éternel problème, — comme la
« Grande Ourse », « l'Idéal », où la méditation
intense tient en sublimité exacte et pure quelque
vérité de science, et, tel le sonnet « Sur la Tour »,
semble l'exhausser en une vide éternité !...

L'on ne peut comprendre que Strada, ce dur
exemple d'une vie murée en son puissant travail,
non seulement du public, mais de la plupart des let-
trés et des poètes, soit ignoré, et qu'il ait été nécessaire de quelques extraits de son OEuvre produits
admirativement en une Anthologie récente, pour
inscrire son nom dans l'histoire de la Poésie (1).

1) Anthologie de G. Walch. Poètes Français contemporains.

— Strada est le poète d'une Épopée humaine, qui, si la réalisation ne répond pas entièrement à son vaste dessein, comprend quatre ou cinq volumes de très haute valeur, d'originalité puissante, de verbe romantique qui rappelle Hugo lui-même. Son Épopée se présente comme l'illustration de sa doctrine philosophique, dont l'exposition dans Ultimum Organum avait eu un grand retentissement. Peu après, il publiait sa Méthode Générale... (1). Ravaisson le mit au premier rang des philosophes du xixᵉ siècle.

Disons en quelques mots comment son principe philosophique, comment sa « Philosophie du Fait » ou Philosophie de l'impersonnalisme méthodique, s'oppose aux concepts Fidéistes provenus d'une Révélation religieuse, et aux concepts Rationalistes. Strada, ici scientifique, — et semblant d'accord avec Auguste Comte, n'accepte pour principe de connaissance que le « Fait » impersonnel, c'est-à-dire le résultat immuable de l'expérience, que la science nomme une « loi ». Mais, pour

(1) Strada. — Ultimum Organum (1865). — Méthode Générale (1868).

Strada, le Fait n'est point tel, et pour lui il a valeur métaphysique :

« Le Fait, dit-il, est la manifestation de l'Être, la manifestation, quelle qu'elle soit, de tout ce qui a été, est et sera, c'est-à-dire du Tout ». Et, comme le Fait manifeste l'Être, c'est donc l'Être qui transmet au Fait le droit d'être critérium. Donc, l'Être est en réalité lui-même le véritable critérium : donc Dieu est ce critérium. Le Fait démontre Dieu... Dans la création du monde, l'Idée a été l'agissant intermédiaire entre Dieu et son œuvre. Et le monde créé se réunit à Dieu par la Pensée. De là naît une religion de la Science, que Strada nomme : « théisme scientifique ».

Nous n'avons à examiner cette doctrine, que pour seulement la voir spiritualiste au sens habituel, et en trouver l'essence en Platon. Et, alors qu'elle présuppose une cause motrice en dehors de la Substance, et qu'au Fait d'expérience se superpose une valeur métaphysique, — nous ne pouvons l'admettre comme de science.

L'ÉPOPÉE HUMAINE apparaît ainsi qu'une critique de l'évolution à travers l'Histoire du monde

où Strada, au nom de sa doctrine, montre tous les
errements de l'humanité provenir de ses directions
Fidéistes et Rationalistes impuissantes à la mener
par la seule voie. L'Œuvre, d'énorme travail,
comprend plus de quinze volumes, et d'autres
n'ont pas paru, la mort étant venue arrêter cette
âpre volonté. Excepté le premier volume, la Genèse
universelle, le plus grand, ils se présentent tous
sous l'aspect dramatique : drames en vers qui ne
se pourraient guère mettre à la scène, avec, entre
les actes, des Méditations du poète qui sont souvent, surtout en les premiers livres, d'une intense
valeur de pensée... Strada a, en somme, voulu
une philosophie de l'Histoire du monde. Nous
retiendrons la Genèse, la Mort des Dieux, la Mêlée
des Races, Les Races, — Les livres qui suivirent
n'eurent plus la puissance évocatrice, le verbe éner-
gique, le mouvement, des quatre que nous venons
de dire. S'ils sont intéressants, si les méditations
en intermèdes (qui paraissent souvent être d'une
époque antérieure au drame lui-même) demeurent
d'une grande élévation morale, ils attestent un art
diminué, prosaïque, — alors, avons-nous dit,

qu'il avait égalé l'art même du Hugo de la Légende des Siècles. Ils sont aussi, pleins de redites et, de plus en plus le « moi » Stradien domine tout, répétant qu'en son concept est le salut...

L'erreur de Strada a été de croire qu'œuvrer grand, était œuvrer multiplement. Erreur encore, à quarante ans, vers la moitié du siècle, de se soustraire à la Vie et à l'évolution des idées qui, si rapidement et gravement transmuaient la pensée directrice, sans qu'il le sût autrement qu'en vagues et épars échos — qu'il recueillait cependant et interprétait mal, trop souvent... Donc, il vaut mieux pour son renom ne retenir du poète que nous disons puissant que les quatre livres que nous venons de nommer, un ou deux encore, peut-être.

Malgré son postulat Théiste à la manière de Hugo, Strada peut être compté pour poète « scientifique ». — Les livres dont nous parlons ont dû être écrits vers le milieu du xix° siècle, et « l'Épopée » vraisemblablement a été inspirée par la Légende des Siècles et sans doute aussi, du souvenir des Poèmes de Leconte de Lisle. Et comme lui, Strada dut être impressionné par les travaux sur

l'Inde Védique, de Burnouf, — en même temps
qu'il sut sans doute admettre des directions de cet
esprit si original et vaste, qu'est Édgard Quinet...
D'ailleurs, son Verbe est romantique et pro-
cède directement en la « Genèse » surtout, du
plus grand Hugo. Les procédés de mise en œuvre
sont les mêmes, et si Strada, ami de Claude Ber-
nard, pour son poème de la Genèse du monde
s'inspire du processus évolutionniste, il la décrit,
tel Hugo, avec l'omniprésence anthropomorphe du
Dieu de la Bible : « Dieu dit... », et par images
visuelles immesurément grandies. — Et nous rappellerons ce que nous disions à propos de Bouilhet,
qui à tous autres poètes s'applique, quels qu'ils
soient : Strada, lui aussi, assiste en tant que mentalité moderne, avec ses habitudes de penser moderne,
ses images et métaphores modernes, au spectacle
de cette Genèse, de cette évolution des choses et
des êtres qui étaient, — alors que les sens et la
pensée des hommes n'étaient pas. Pour le poète
scientifique — il s'agit alors de re-créer ces spectacles en eux-mêmes, et d'un Verbe d'évocation et
de suggestion qui n'éveille d'associations avec des

idées et des sensations de quel temps que soit, ni personnelles. Le Verbe impersonnel du poète doit s'universaliser à n'être là que vibrations du phénomène, dans des temps et des espaces que l'œil humain n'a point mesurés!...

V

Nous sommes au terme de cette évocation à
lueurs rapides d'éclairs, de Ceux-là (nous étant surtout complu à inscrire ses grands Précurseurs
dans la Poésie Française), qui depuis les Ages pri-
mordiaux de la pensée et de la recherche. ont tenu
une Tradition ininterrompue qui, dès lors, était
d'esprit et d'émotion « scientifiques » (1).

(1) Nous entendons, pour la Poésie Française, les principaux, les
plus nécessaires : mais il en est d'autres pour multiplier les
aspects d'une grande parenté. Aussi, souhaiterious-nous que l'on
se reportât à une Thèse de Doctorat-ès-lettres soutenue à Paris,
l'an passé, par M. C. A. Fusil, — et parue aux « Éditions scienti-
fica » : LA POÉSIE SCIENTIFIQUE... Si l'Auteur n'ignore point la
lointaine tradition de cette Poésie « léguée de l'Inde à la Grèce, à
Lucrèce », entrevue aux XIIIe et XVIe siècles, il n'est ·parti, pour
cette thèse, que du XVIIIe siècle : alors, dit-il, que l'on devait « ou

6

Ainsi nous avons montré de quelques rappels, de quelques extraits qui semblent condenser de l'éternel, que cette idée poétique du Savoir uni à l'Émotion est universelle et que, sous son mode primordial de chant cosmogonique, elle se trouve à l'origine de la pensée, à l'éveil de la conscience des hommes inquiets tentant de se relier à la totalité de l'Univers. Elle est dès lors la « Poésie scientifique », — elle est la première poésie : notre tradition remonte les peuples et les temps...

En France : nous avons vu les Précurseurs, aux xiiie et xvie siècles, emprunter des Grecs et des Latins, amasser toute connaissance de leur temps, avec une grandeur optimiste qui retient notre admiration aller dans la voie philosophique de la

avouer que la poésie était morte, ou créer une poésie nouvelle ». L'historique en trois cents pages de critique savante, trouveuse et enthousiaste, se clôt par le chapitre : « La Synthèse scientifique », — à mon dessein et mon œuvre consacré. — Et quant à cette partie, de directe et vivante actualité, (« l'actuel » selon la règle, ne pouvant ou qu'à peine être admis pour matière de thèse), avec quelle ample sûreté et quelle largeur de vues et d'assentiment cependant, l'a su résumer M. C. A. Fusil...

L'on peut dire que, par le talent et la conviction, son livre est une date. (Il prépare maintenant un même travail, des xiiie et xvie siècles.)

science, — mais autant seulement qu'ils la peuvent soumettre au Dogme. Au xviii° siècle, sous l'action surtout de Buffon, — ils chantent la Science et s'enorgueillissent d'elle, selon ses données tentent d'œuvrer une Genèse du monde, et par la science ils aperçoivent un progrès ininterrompu et illimité : cependant qu'ils n'en tirent point de concept philosophique particulier, et demeurent dans la tradition théologique. — Au xix° siècle, la matière du chant poétique s'élargit, devient plus complexe, sans que soit conçue pourtant une Œuvre synthétique.

Quant au concept qui émane du rapport conscient et ému de l'Humain avec l'Universel, — pour tous, c'est un concept en désaccord avec l'esprit évolutionniste, c'est un concept pessimiste : dont les poètes de Bonheur et des Poèmes antiques et modernes ne sortent avec amertume, l'un, que par un vague spiritualisme et l'acceptation d'un sentiment de Sacrifice, — l'autre, par un plus haut et stoïque altruisme et l'orgueil de l'Intelligence... Strada est nettement spiritualiste et théiste, et si Leconte de Lisle se lève contre l'idée de Dieu, son athéisme apparaît plutôt en antithèse religieuse, un sentiment de révolte à devoir tenir pour mauvaises la vie et la raison...

Nous avons maintenant à répéter — nous en avons eu l'évidence — que toute période de réapparition et de recrudescence du sens de « Poésie-scientifique », répond d'intentions et de réalisations de plus en plus averties à une poussée nouvelle de l'esprit investigateur de la Science. — Or, ainsi que le sentirent les poètes-précurseurs du xixe siècle, c'est la théorie Évolutionniste qui devait permettre une réalisation · moderne totalement déterminée, en même temps qu'une remontée au sens sacré de la grande Poésie : en une première Synthèse, — tant pour l'idée que pour son expression, valeur de ses énergies.

J'ai voulu assumer cette tâche...

Donc il était tout premièrement nécessaire de repousser du moment de résultante d'où selon la seule science nous tentions un sens harmonieux du monde, tous les concepts philosophiques, — quitte à voir ensuite quels d'entre eux me paraîtraient résister à l'épreuve des données de la doctrine Évolutionniste. Il était nécessaire de n'admettre de suggestion théologique, de persuasion purement spiritualiste ou étroitement matérialiste, au sens dualiste. De l'idée de Matière en évolution il était à produire une pensée et une émotion métaphysiques, — d'essence seulement scientifique.

Le concept nouveau devait réduire l'antinomie matérialiste et spiritualiste, en proposant un spiritualisme en devenir, en rapport avec l'évolution même de la Matière : « Nous pensons unir les deux termes et résoudre l'antinomie, de ce que le Spiritualisme, c'est-à-dire pour moi le plus de conscience-prise du Tout, émane perpétuellement de la Matière en évolution (1)... » Du plus de connaissance (donc, du plus de conscience universelle) devient le plus-d'Être, — c'est-à-dire le plus de rapports de l'Humain à l'Universel, le plus de re-création consciente et émue de l'Univers en la momentanéité successive de l'Homme.

(1) En méthode a l'Œuvre.

(Mais il n'entre point en le plan de l'Étude présente, de résumer notre Méthode ni pour l'idée, ni pour son expression poétique à laquelle il a été également quelques allusions, — « l'Instrumentation verbale », — qui, essentiellement, opère la réintégration de la valeur phonétique en la langue, et la met sous la dépendance des Idées, qui naissent en produisant de leur genèse même leurs musiques propres et leurs Rythmes.)

En même temps nous nous proposâmes une Œuvre, œuvre de notre vie, complexe et d'unité, dont le principe philosophique est générateur. Non plus une sorte de compendium de la connaissance, tel que nous le trouvons avant le xixe siècle. Non pas davantage une apologie de la Science et de ses découvertes précipitant l'esprit enorgueilli à de simplistes anticipations sociales, à l'idée de progrès sans discontinuité d'un Chenier ou, torrentiellement, d'un Hugo, — ni les déductions généralement pessimistes tirées erronément de l'examen du monde par un sentiment personnel, égotiste... Mais par la Science qui pour nous a pris unité de vérité progressive en la doctrine Évolutionniste, et

par l'intuition poétique prenant d'elle ses directions, nous avons voulu pour matière de notre
Œuvre le phénomène multiple, concomitant et
entre-pénétré de la Vie, de ses origines à ses possi-
bilités, et en en induisant une puissance d'amour
et d'harmonie, — une propension de la Matière à
se savoir, pour être :

« Être vient de Savoir : et qui saura, sera. »…. (1)

Ainsi, l'Œuvre est le développement de la
Méthode, en l'émotion encore inéprouvée qui
résulte d'une pensée qui continuement, du détail
relié au total, associe l'Homme à l'Universel et tout
moment de l'univers à sa durée éternelle.

Après avoir évoqué — mais d'un Verbe impersonnel et sans résonnances en l'actuelle explication,
sans associations avec des idées, des sensations et
des images de quel temps que soit — la neuve
Cosmogonie et l'évolution des choses et des êtres
en son processus cherchant l'harmonie parmi les

(1) L'ORDRE ALTRUISTE (Livre IV de DIRE DU MIEUX).

Formes multi-parties, nous avons pris l'Homme depuis l'arquant redressement où « son pas devient humain », et avons été à envisager, avec la grave émotion de certitudes et d'anticipations de la science, la destinée humaine en union avec le destin universel. — Pour une part, l'Œuvre se situe en l'âme et les milieux modernes, leurs Activités industrielles et mécaniques, leurs puissances d'or : individus et collectivités d'Occident, propulsés en des voies déviatrices où, en soupesant tout de notre dénégation philosophique d'un progrès, nous avions prédit, disions-nous en première page, le sournois puis éclatant Déchirement mondial. Et elle regarde le moment présent et les mouvements à venir des Races, et veut apercevoir les destins Occidentaux et les réveils Asiatiques...

Elle reprend le phénomène du monde à travers le développement du germe humain, re-crée l'Histoire humaine à travers la suite sensitive, intellectuelle et morale de l'individu et des groupements ethniques. A travers les intuitions totémiques, les rites magiques et les théogonies, elle poursuit et relie le seul sens du Savoir tout vibrant du contact des Natures, et de l'Émotion humaine. Non point érudition morte, ni amertume d'aucune réponse de l'Absolu à l'inquiétude des hommes, mais, en les Rites et sous les Symboles, — don de vie et de danse sacrée redonné aux Vérités naturelles et d'expérience qui sont en eux encloses, primor_ dialement constructives de la pensée unitive du monde, demeurant en puissance.

En dernier lieu, parmi les Lois et les Rites nou- ·veaux, elle apportera sa Synthèse, — la sanction où nous avons trouvé que s'avère l'unité pathétique du plus-de-volonté d'être, de l'Humain, opérant le plus-d'être conscient de l'Universel :

« Ma pensée est le monde en émoi de soi-même. »....

Ainsi, toutes parties se rapportant au total qu'elles énumèrent et renouent, la Poésie reprend son sens sacré et son pouvoir religieux. Et ainsi, — et il en devait être ainsi, — en départ des seules données Évolutionnistes, repoussant toutes Révéla- tions, tous spiritualismes extérieurs à la Matière,

et aussi les dangereuses suggestions d'une philosophie pratique élevant en dogme la « lutte pour la
vie » et le « sur-humain » saisies avec avidité par
des égoïsmes supérieurs et les appétits ignares et
musculaires, — ma pensée poétique s'en alla ren-
contrer les vieilles et éternelles Sagesses en Asie et
au Mexique.

Je sus qu'en proposant en la Matière son Désir
de s'énumérer et se savoir à travers les expérimen-
tations sensitives, et montrant ce Désir se susciter
en le trinaire de l'Évolution à dessin mouvant
d'ellipse, — ce n'était que découvrir la nudité et le
sens secrets de la Trimourti indicible! J'osai dire
de mes vouloirs, qu'ils unissaient une interprétation ésotérique de la vitale donnée évolutive aux
sapiences de l'Inde, dont la science d'Occident
expérimente méthodiquement des intuitions prodi-
gieuses et intactes....

Et voici que la « Poésie scientifique » — a seulement rappelé aux Poètes nouveaux dignes d'être
pénétrés de l'horreur sacrée, de redevenir les continuateurs des Premiers Inspirés : du redoutable
et providentiel Sorcier qui se muait en toutes

choses et tous êtres du monde et instituait les rites
et les danses-prières, aux détenteurs du Savoir et
de la Poésie qui ordonnèrent les théogonies au sens
universel et célé, — Eux, qui, dirigeant en divina-
teurs, portaient occultement le poids du peuple et
étaient, au-dessus de tous, les Intelligents-du-
Monde! Eux, de qui dès maintenant nous avons
évoqué le retour de puissance, en des temps : .

> ...« Et, s'entre-tenant, les Intelligents-du-Monde
> qui autour de la terre assuraient l'âme intense
> d'un zodiaque où la suite de l'être se pense!
> sentirent qu'il était l'heure d'un rite où doit
> ou assentir muettement, ou, de vouloir
> à plus-être, en émus rapports du Tout, vouloir
> la Terre! (1) »

(1) L'ORDRE ALTRUISTE. (Livre IV de DIRE DU MIEUX.)

INDEX

ACHEVÉ D'IMPRIMER
le seize mars mil neuf cent vingt
PAR
L'IMPRIMERIE ORLÉANAISE
POUR
LA SOCIÉTÉ LITTÉRAIRE DE FRANCE

www.ingramcontent.com/pod-product-compliance
Ingram Content Group UK Ltd.
Pitfield, Milton Keynes, MK11 3LW, UK
UKHW022324070726
13614UKWH00002B/942